Cecilia Blanco

¡MI FAMILIA ES DE OTRO MUNDO!

Una nueva mirada sobre los modelos familiares

Ilustraciones
Daniel Löwy

Uranito
Argentina • Chile • Colombia • España
Estados Unidos • México • Perú • Uruguay • Venezuela

Texto: Cecilia Blanco
Ilustraciones: Daniel Löwy

1ª edición Septiembre 2017

Copyright © 2013 by Cecilia Blanco
All Rights Reserved
© 2017 by Ediciones Urano, S.A.U.
Aribau, 142 pral. – 08036 Barcelona
www.edicionesurano.com
www.uranito.com

ISBN: 978-84-16773-36-7
E-ISBN: 978-84-16990-59-7
Depósito legal: B-16.256-2017

Fotocomposición: Ediciones Urano, S.A.U.

Impreso por: LIBERDUPLEX
Ctra. BV 2249 Km 7,4 – Polígono Industrial Torrentfondo – 08791 Sant Llorenç d'Hortons (Barcelona)

Impreso en España – *Printed in Spain*

Índice

Prólogo

La semilla de la inclusión se planta en la infancia

Por Graciela Moreschi*

La familia es fundamental en el desarrollo del ser humano; en su seno el niño esboza su identidad a partir de la imagen que le devuelven sus padres a través de las palabras, los gestos y las demostraciones de afecto. La familia aporta valores y creencias no con discursos sino con sus conductas y frases cotidianas. Un: "¡No se puede creer!" o "¡Esto es inconcebible!" o "No quiero imaginar qué puede salir de ahí…" son comentarios dichos al azar que, sin embargo, transmiten más opiniones que cualquier proclama.

Por cierto que estas expresiones no las elegí al azar. En mi consultorio las escucho a diario de personas que intentan comprender una realidad que las supera. Es que los cambios son tan intensos y rápidos que no solo los niños deben aprender. Nosotros, los adultos, estamos afrontando situaciones para las que no tenemos modelos.

Desde hace tres años participo como psiquiatra de un programa de televisión, "Los unos y los otros", donde los participantes buscan reencontrarse con familiares que por diversas circunstancias se distanciaron y desconocen

---

* Dra. Graciela Moreschi, médica psiquiatra, comunicadora y autora de varios libros sobre pareja, familia y vínculos. Se formó como terapeuta sistémica y hoy complementa esto con terapia cognitivo conductual. Colabora en los medios de comunicación desde 1994 como consultora y panelista.

su paradero. Soy testigo de uniones familiares de todo tipo, algunas tradicionales y otras muy alejadas del esquema clásico. El factor común es que cuando hay amor y se dice la verdad el resultado es bueno. El engaño o el ocultamiento resultan muy caros en cuestión de afectos. No se puede construir a partir de una mentira.

Durante siglos, la familia tuvo una estructura rígida, no porque no hubiera separaciones, hogares multiculturales o hijos de homosexuales, que siempre existieron, sino que antes, lo que salía de los parámetros aceptados se ocultaba. El resultado eran personas estigmatizadas que crecían a la sombra de lo legítimamente reconocido o terminaban cumpliendo la profecía: "Nada bueno puede resultar de esto…" Por otra parte, los que tenían la suerte de provenir de hogares "bien constituidos" crecían bajo la presión de la mirada ajena con la exigencia de no salir jamás del camino, so pena de quedar relegados. Hoy, por fin, estas familias salen a la luz y pueden gozar de los derechos que les da la legalidad. Pero esto solo no basta, la sociedad deberá dejar de mirarlas como diferentes.

Nos llevó tiempo aprender que no es la separación de los padres lo que causa problemas a un niño, sino la mala relación entre ellos, la rivalidad y la desautorización. Hay cambios que son muy nuevos y todavía se miran con desconfianza, como es el caso de las familias homoparentales. Sin embargo, los especialistas sabemos que la homosexualidad de los progenitores no afecta el desarrollo social o sexual de un hijo; lo que sí los afecta es la discriminación que puedan sufrir por esa razón.

Es importante que seamos conscientes del sesgo que tiene nuestra mirada. Las creencias, si bien nos permiten direccionar nuestro camino, en ocasiones resultan limitadoras. Solemos poner lo malo y temido afuera, y nadie mejor que el distinto para encarnar esos atributos que rechazamos; esa es la razón por la que se generan las discriminaciones. La mejor manera de prevenir esto es tratando de formar redes sociales fuertes. Un individuo que se siente parte de un todo puede soportar cualquier eventualidad, aumenta su conciencia de sí y de los otros y también su responsabilidad. Para lograrlo es fundamental trabajar con la inclusión, comenzando por los más pequeños.

Necesitamos información para perder el miedo al cambio. Y la primera aproximación la hacemos cuando podemos explicarnos y explicar lo que sucede con naturalidad. Luego, será fundamental la experiencia vivencial. Necesitamos ver, compartir, escuchar a aquellos que provienen de estructuras familiares diferentes para darnos cuenta de que los sentimientos, las reacciones y los comportamientos son comunes a todos.

Educar a nuestros hijos con una mirada amplia debería ser nuestro compromiso. La semilla de la inclusión se planta en la infancia, mediante palabras simples que ayuden al niño a observar similitudes y no diferencias. Por eso me enorgullece prologar este libro, que cumple con la importante función de explicar de manera natural, sencilla y graciosa, los distintos tipos de familias. Cuando lo leí por primera vez pensé que los más agradecidos serían los padres. Tanto los que no saben cómo explicar una realidad, que por momentos les suena complicada, como –particularmente– aquellos que son parte de estas familias diferentes. Y que podrán apoyarse en este libro para mostrar a sus hijos que no son únicos, que no están solos, que hay muchas familias como ellos.

Introducción

A los padres y adultos que compartan este libro con los niños

Tengo dos hijos y un marido. Mis hijos son de un matrimonio anterior. Mi marido también tiene dos hijos de otro matrimonio. Con él no tuve hijos, pero tenemos un perro (que malcriamos más que a un hijo). Por parte de su papá, mis hijos tienen una hermanita… y no les sigo contando para no aburrirlos. Es que mi historia familiar no tiene nada de extraordinaria. Es más o menos compleja como la de cualquiera de ustedes.

¿Alguna vez se preguntaron qué es lo que une a una familia? ¿El matrimonio? ¿Los hijos? ¿Los proyectos en común? ¿El tiempo compartido? ¿Los lazos de sangre? Para mí, el "cemento" que une a una familia es el amor. Cualquiera de las demás cosas pueden faltar, pero no el amor. Lo vemos a diario en infinitos ejemplos. Madres que crían solas a sus hijos, contra viento y marea. Padres del mismo sexo que se muestran orgullosos en los actos escolares, pese a alguna que otra mirada de desaprobación. Abuelos que se hacen cargo de sus nietos con mucha más responsabilidad y cariño que quienes los engendraron. Hombres sensibles que quieren a los hijos de su pareja como si fueran propios. Personas que deciden adoptar a adolescentes acogidos durante años en instituciones.

En este libro elegí mostrar esa diversidad a través de siete historias protagonizadas por niños. Quizás alguien piense que no describí todos los modelos porque el caso de su familia no está contemplado y estará en lo cierto. Hay que entender que no hay modelos "puros": una pareja que adoptó puede separarse; una familia homoparental puede tener hijos de uniones anteriores; una monoparental puede haber hecho un tratamiento de reproducción asistida... La vida, por suerte, tiene más matices que cualquier esquema teórico.

Sin embargo, el concepto de que una familia es un grupo feliz formado por un padre, una madre y dos hijos nos acompaña desde la infancia. Primero la dibujamos en el cuaderno, junto a una casita de techo rojo con flores en la puerta. Luego, la publicidad, los viejos álbumes familiares, la frase "para toda la vida", los dogmas religiosos, nos fueron calando hondo para que, consciente o inconscientemente, sea un modelo a seguir. Pero, ¿qué pasa cuando uno es parte de una familia con otras características? ¿Es un bicho raro? Por supuesto que no, como tampoco lo es si forma –o pertenece– a una familia tradicional. Por eso creo fervientemente que lo que necesitamos como sociedad es poner a todas las familias en el mismo rango de valor, y ser tolerantes y comprensivos con viejos y nuevos modelos.

Quizás este libro sea una buena excusa para sentarnos a conversar con los niños sobre la propia historia y las de los otros –amigos, parientes, compañeros de escuela, vecinos–, sobre la convivencia en el hogar, sobre los vínculos que se rompen y los que son irrompibles, sobre los nuevos integrantes o los que ya no están. Para ponerles palabras a las alegrías y las tristezas que hay en todas las familias.

C.B.

El mundo de Juli

dos
casas

Mi habitación en el piso es chica, pero bonita. Decoré las paredes como a mí me gusta.

14

En la casa, mi cuarto es mucho más grande y tengo millones de cosas. Algunas las llevo en la mochila cuando me voy al piso.

¿SE IMAGINAN POR QUÉ TENGO DOS CASAS?

Mis padres se separaron el año pasado.

Al principio tuve mucho miedo
porque papá se fue y pensé que
no lo iba a ver más.

También tenía miedo de que mamá se enfermara, porque lloraba a cada rato.

Pero después todo fue mejorando. Papá empezó a venir a casa a buscarme para ir a pasear; mamá dejó de estar tan triste...
Claro que a mí me gustaría que volviéramos a vivir los tres juntos. Aunque yo sé que eso no va a pasar, porque mis padres ya no se quieren.

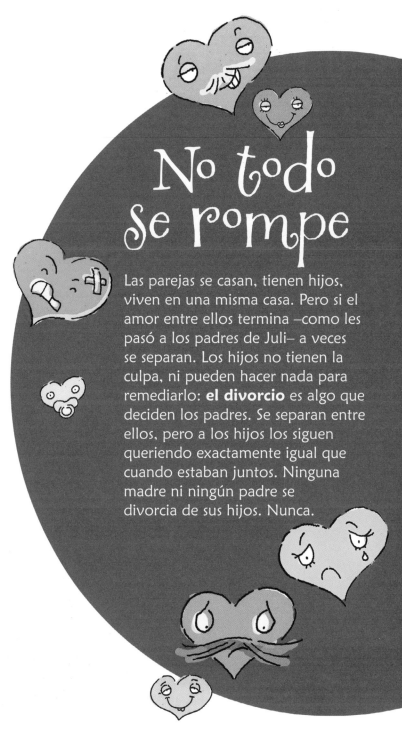

No todo se rompe

Las parejas se casan, tienen hijos, viven en una misma casa. Pero si el amor entre ellos termina —como les pasó a los padres de Juli— a veces se separan. Los hijos no tienen la culpa, ni pueden hacer nada para remediarlo: **el divorcio** es algo que deciden los padres. Se separan entre ellos, pero a los hijos los siguen queriendo exactamente igual que cuando estaban juntos. Ninguna madre ni ningún padre se divorcia de sus hijos. Nunca.

17

De los siete días de la semana, cinco estoy con mi madre y dos con mi padre.

Con mamá fui de vacaciones a la sierra.

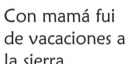

Con papá, al mar.

Mamá no me deja quedarme despierta hasta tarde.
Papá sí.

Papá me pide que me abrigue todo el tiempo. Con mamá andamos descalzas.

El fin de semana pasado me dolía la barriga, vomité, tuve como 40 grados de fiebre. Fuimos los tres a urgencias. Esa noche, me di cuenta de que mi papá y mi mamá, aunque no estén más juntos, se llevan bien.

El mundo de Santi

tomados
de la mano

Yo no me parezco a mi mamá, ni a mi papá, ni a mis abuelos... ¡Soy muy distinto!

22

Mis padres me adoptaron cuando era bebé. Yo no me acuerdo, pero ellos me contaron que cuando llegué a casa, lo primero que hice fue ponerme a saltar de alegría.

Pero por las noches siempre tenía miedo. Mamá me tomaba de la mano y se quedaba conmigo hasta que me dormía.

¿QUIEREN SABER CÓMO NOS CONOCIMOS?

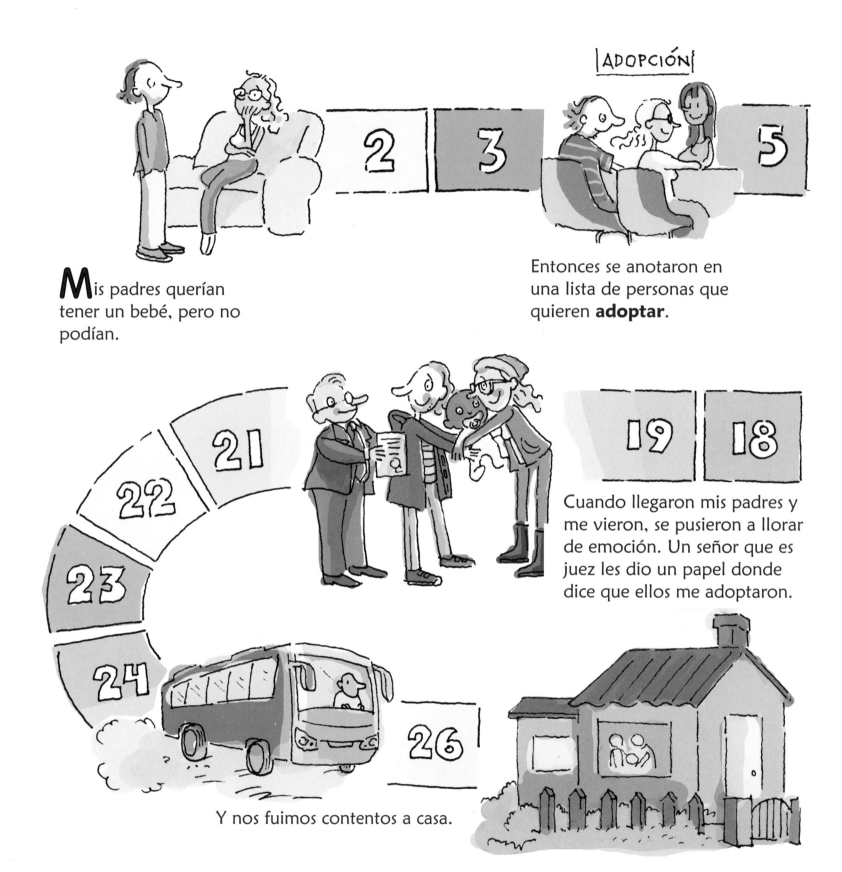

ADOPCIÓN

Mis padres querían tener un bebé, pero no podían.

Entonces se anotaron en una lista de personas que quieren **adoptar**.

Cuando llegaron mis padres y me vieron, se pusieron a llorar de emoción. Un señor que es juez les dio un papel donde dice que ellos me adoptaron.

Y nos fuimos contentos a casa.

6   7

Un día, los llamaron por teléfono porque había un niño para ellos. ¡Era yo!

9   10   11

17   15   14   13

En un bolso pusieron ropitas, pañales, un biberón y fueron a buscarme.

Mientras tanto, yo estaba en una casa donde me daban de comer, me bañaban, me mecían en brazos para que me durmiera. Estaba ahí porque la mamá que me había llevado en su barriga no podía cuidarme.

¡Hola, familia!

Hay mujeres y hombres que tienen un hijo pero no pueden criarlo; hay niños huérfanos porque sus padres murieron. En un **hogar de acogida**, como en el que estuvo Santi, cuidan a estos niños hasta que un juez los entrega en adopción. Pueden adoptarlos parejas casadas o personas solteras. Juntos formarán una nueva familia.

25

Me hice grande, empecé la escuela y, un día, papá y mamá me dijeron que iba a tener un hermanito.

"¡Guau! ¿Preparamos el bolso y vamos a buscarlo?", pregunté.

"¡No, mami está embarazada!", me respondió papá.

Hace unos meses nació mi hermano y ahora tengo que compartir el cuarto con él. El enano rompe todo lo que toca, llora por cualquier cosa. No se parece en nada a mí...

Bueno, en algo sí: cuando es de noche, tiene miedo.

Pero no hay problema, porque yo ya sé qué tengo que hacer para que duerma tranquilo.

El mundo de Lu

papá, papi y yo

Cuando estoy sola,
me gusta jugar a las
muñecas.

30

Los martes y jueves hago patinaje
artístico con mis amigas.
Los viernes voy a nadar
al club con papá.

Con papi, amasamos pizzas
todos los domingos.

31

Una vez, en la escuela, cada uno estaba contando qué iba a regalarle a su papá para el Día del Padre y yo dije:

VOY A HACER UN PORTALÁPICES PARA PAPÁ Y UN LLAVERO PARA PAPI

Como algunos de mis compañeros me miraban sin entender, les expliqué.

Mis papás se conocieron cuando estudiaban. Ellos siempre dicen que fue amor a primera vista.

Estuvieron unos años de novios. Después se fueron a vivir juntos y empezaron a soñar con tener un hijo.

Pero como los hombres no pueden quedar embarazados, ¡me adoptaron!

Ahora tengo una gran familia con abuelos, tíos, primos... y dos papás.

"Nos vamos a casar el mes que viene, Lu, ¿te gusta la idea?", me dijo papá un domingo por la mañana. Papi estaba emocionado, no hablaba.

¡Sí, quiero!

A mí la idea me encantó, porque soy una experta en casamientos. Claro que ninguno de los dos iba a dejarme que le pusiera un vestido blanco. Pero sí elegí las flores para los trajes y para mi tocado.

34

Hasta hace poco tiempo, solamente se podían casar las parejas formadas por un hombre y una mujer. Pero ahora, en varios países las leyes cambiaron y existe el **matrimonio** para todas las personas. Una **familia homoparental** puede estar formada por dos mamás o –como la de Lu– por dos papás.

Y el día del casamiento, ¡fui la encargada de llevar los anillos!

El mundo de Sol y Matu

un embarazo científico

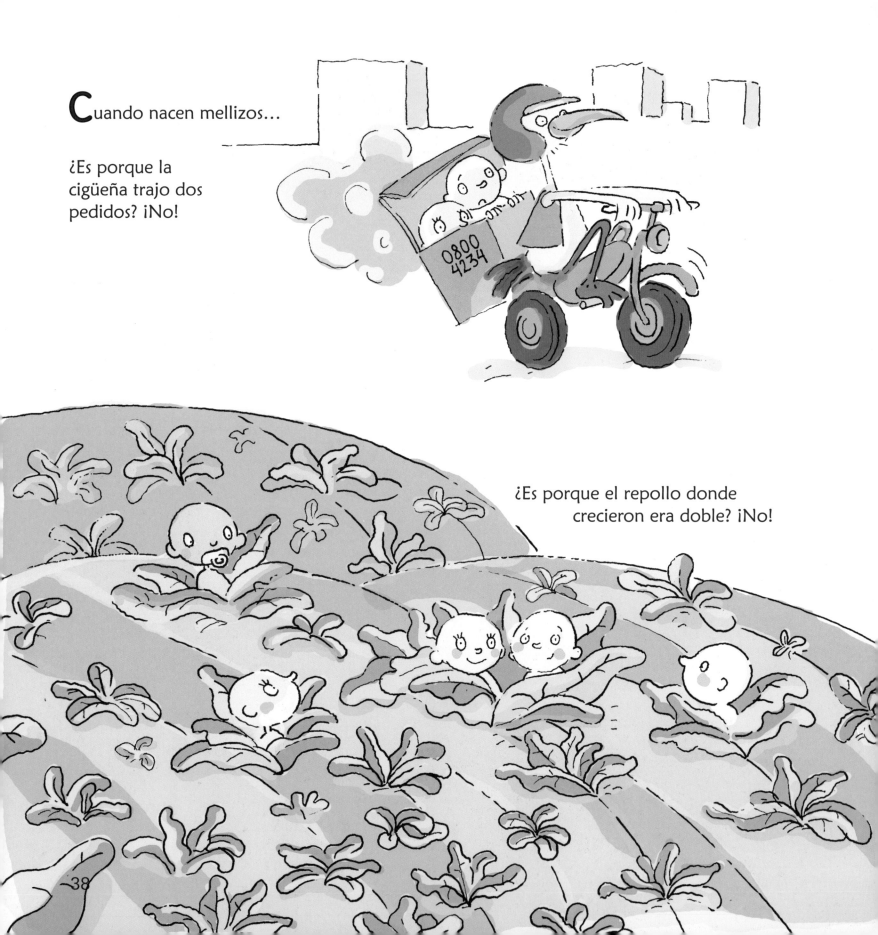

Cuando nacen mellizos…

¿Es porque la cigüeña trajo dos pedidos? ¡No!

¿Es porque el repollo donde crecieron era doble? ¡No!

38

Son mellizos porque crecen juntos en la barriga de la mamá.

¡COMO NOSOTROS!

PERO NUESTRA HISTORIA COMENZÓ CON UN EMBARAZO CIENTÍFICO. ¿QUIEREN VER?

Para formar un bebé, lo primero que debe pasar es que se unan un **espermatozoide** y un **óvulo** en la barriga de la mujer. Pero los óvulos de nuestra mamá no se podían juntar con los espermatozoides de nuestro papá. ¡Qué problema!

Entonces fueron a un lugar donde ayudan a las mujeres a que puedan quedar embarazadas.

¡Ciencia al rescate!

Los papás de Sol y Matu utilizaron un método de **reproducción asistida**: el médico hizo la **fecundación** en el laboratorio, esperó a que se formara el **embrión** (o embriones) y luego lo implantó en el **útero** de la mujer.

Los médicos también intervienen cuando los espermatozoides o los óvulos no están bien. En ese caso, usan los de hombres y mujeres que los donaron para ayudar a que otros puedan tener hijos.

En la clínica, un médico puso los espermatozoides de papá y los óvulos de mamá en un platito de vidrio. Y se quedó mirando por el microscopio para ver qué pasaba...

Cuando cada óvulo se unió a un espermatozoide, el médico los colocó con muchísimo cuidado adentro de la barriga de mamá. Ese fue nuestro gran comienzo.

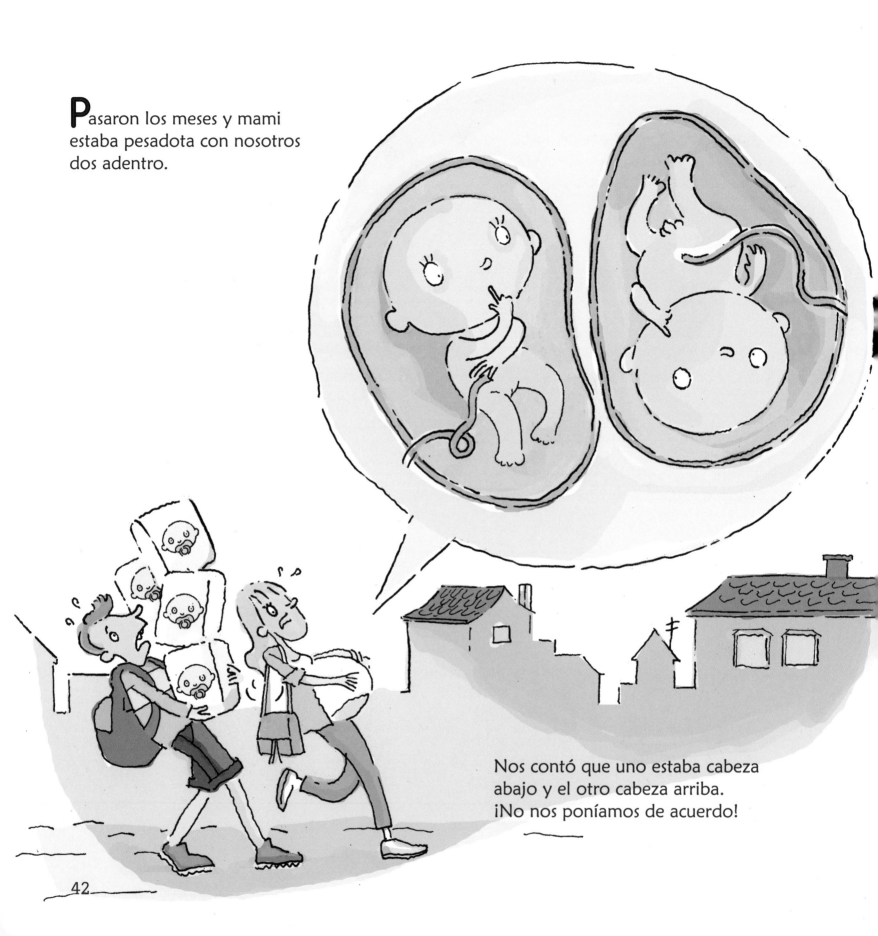

Pasaron los meses y mami
estaba pesadota con nosotros
dos adentro.

Nos contó que uno estaba cabeza
abajo y el otro cabeza arriba.
¡No nos poníamos de acuerdo!

42

También nos contó que el médico le hizo un corte en la barriga que se llama **cesárea**, y que cuando salimos nos pusieron en **incubadoras**, porque estábamos un poco debiluchos.

Pero enseguida nos pusimos fuertes...

¡Y más fuertes!

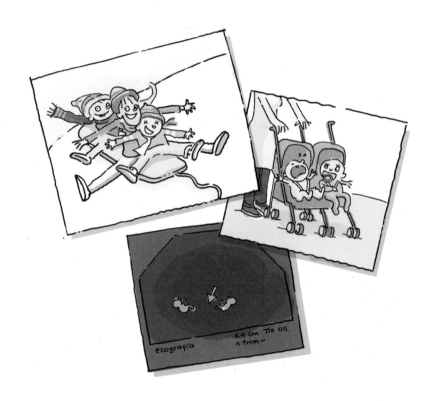

El mundo de Leo

uno más
en la
familia

Todos los días, después de la escuela,
voy a la casa de mis tíos. Cuando mi
mamá vuelve del trabajo, me pasa a buscar.

Mi papá murió cuando yo era un bebé.
En mi casa siempre fuimos mi mamá y
yo. Hasta que llegó el Negro.

Ese día llovía muy fuerte,
con truenos y relámpagos.
Mamá dormía la siesta y yo
dibujaba en el comedor. De
pronto, escuché a alguien
que rascaba la puerta de
la calle. Espié por la
mirilla y, como no vi
a nadie, abrí…

¡**E**ra un perrito! Lo dejé entrar, lo sequé con el secador de pelo, le di leche, lo envolví con una bufanda para darle calor.

Cuando mamá despertó, se puso furiosa. Ella no quiere animales en la casa, dice que dan mucho trabajo.

Yo traté de convencerla.
"Es pequeño, come poco", le dije.

"Se va a portar bien, no va a romper nada."

"Le voy a enseñar a hacer caca y pis afuera."

Al final, mi mamá dejó que se quedara, y entre los dos elegimos el nombre:

49

Pasó el tiempo
y Negrito se
transformó
en Negro.

Los fines de semana,
vamos los tres al parque.

A mamá le cuento lo
que me pasa en la escuela
o con los tíos. Al Negro,
las historias que me imagino.

El día que cumplió un año desde que llegó a casa, festejamos su cumpleaños. ¡Mamá le hizo una torta con carne picada!

Esa misma noche, sacó del armario una caja con fotos de papá y me contó que a él le gustaban muchísimo los perros. Como a mí.

Más de uno... ¡es familia!

Una familia puede tener muchos integrantes, pero basta con dos para formarla. Hay mujeres que enviudan, como la mamá de Leo, y otras que deciden ser madres aunque no tengan pareja. También hay papás que crían solos a sus hijos. A este tipo de familia se la llama **monoparental**... aunque los monos no tengan nada que ver en esta historia.

El mundo de Vale

dos años
nuevos

Mi mamá es china, por eso mi hermano y yo sabemos hablar muy bien en chino. Desde que éramos pequeños, nos canta canciones y nos cuenta cosas del pueblo donde nació.

Mi papá es argentino, como nosotros dos. Él nació en esta misma casa donde vivimos ahora. Como el terreno es muy grande, mis abuelos construyeron una casita en el fondo para ellos.

Este fin de año lo festejamos en casa. Antes del plato de carne a la brasa, mami sirvió unas empanaditas que se llaman *jiaozi*; yo la ayudé a prepararlas. Después de las doce, papá dio la gran noticia: ¡nos íbamos a ir de vacaciones a China!

El viaje en avión fue larguísimo. Cuando por fin llegamos, en el aeropuerto nos estaban esperando *wai-gong* y *wai-po* (así se dice en chino *abuelo* y *abuela*).

La casa de mis abuelos estaba adornada para recibir el Año Nuevo. Nos sacamos los zapatos, entramos y ¡sorpresa! nos recibieron un montón de tíos y primos que no conocíamos.

Mamá nos explicaba las cosas que nosotros no entendíamos. Y mi hermano y yo ayudábamos a mi papá en casi todo.

Con mis primos nos pusimos en fila para que el abuelo nos diera los regalos. Eran sobres rojos que contenían dinero.

Lo mejor fue cuando pasó el desfile del dragón por la calle. ¡Espectacular!

La abuela me contó que, hace mucho tiempo, en Año Nuevo salía del mar Niam, una bestia horrible que se comía a las personas. Para salvarse, la gente dejaba sus casas y huía hacia la montaña. Hasta que una vez un hombre se quedó, iluminó su casa e hizo mucho ruido con pólvora para ahuyentar a la bestia.

Desde entonces, en Año Nuevo se tiran cohetes, se encienden luces y se ponen dibujos de guardianes en las puertas de las casas para que Niam nunca vuelva.

Las vacaciones pasaron volando. Y volando regresamos. En el aeropuerto nos recibieron los abuelos. ¡Qué alegría, los extrañaba!

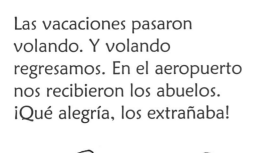

El hilo interminable

Nono, Nona, Zeide, Bobe, Tata, Abu, Abue, Lita, Lito, Yaya, Yayo, Güeli… ¡cuántas formas cariñosas de llamarlos! Los abuelos suelen ser los que cuentan las anécdotas de la familia o relatos más antiguos todavía, como el que escuchó Vale de su abuelita. Algunos niños llegan a conocer también a sus **bisabuelos**, que a su vez recuerdan cosas de los **tatarabuelos**. Así, las historias familiares y las tradiciones se van uniendo como un largo tejido a través del tiempo.

De regreso a casa, por la ventanilla vi una estrella fugaz y pedí un deseo:

¡TENER DOS AÑOS NUEVOS OTRA VEZ!

El mundo de Fran

la familia enredadera

Mis padres se separaron cuando yo era un bebé. Mi mamá se casó con Alberto y tuvieron a los melli. Mi papá no se casó, pero tiene novia.

La hija de Alberto también tiene novio y está embarazada. Es decir, que yo voy a ser tío.

Una de mis abuelas también se llama Flora. Cuando fuimos a visitarla nos presentó a su nuevo novio y mi papá lo miró enojado. ¿Estará celoso?

Aunque ya soy un poco tío porque Flora tuvo gatitos.

Los que se ponen muy celosos son mis hermanitos cuando me viene a buscar mi primo para salir a pasear.

Un día, en la escuela, la maestra nos explicó qué es un **árbol genealógico** y nos mostró esta lámina:

Después nos pidió que cada uno dibuje el suyo. Pensé y repensé, hasta que se me ocurrió cómo hacerlo.

65

En casa, el baño siempre está ocupado.

Nadie se pone de acuerdo en cómo se van a llamar los gatitos.

Todos tocan mis cosas, tengo que compartir mi cuarto con los melli, nunca puedo jugar en el ordenador sin que me interrumpan... Los que se ponen divertidos son los almuerzos de los domingos.

Y cuando quiero estar solo,
tengo un lugar en la casa
que es genial.

Esas raras palabras

"Madrastra" suena a señora malvada. "Padrastro", a algo que te sale en el dedo y duele. "Medio hermano", a alguien que lo cortaron por la mitad. Fran, por ejemplo, tiene a los melli como medio hermanos… ¡pero están enteritos! Para nombrar a los integrantes de una **familia ensamblada** existen palabras un tanto extrañas. Lo mejor es que cada familia llame a sus miembros como más le guste, ¿no creen?

67

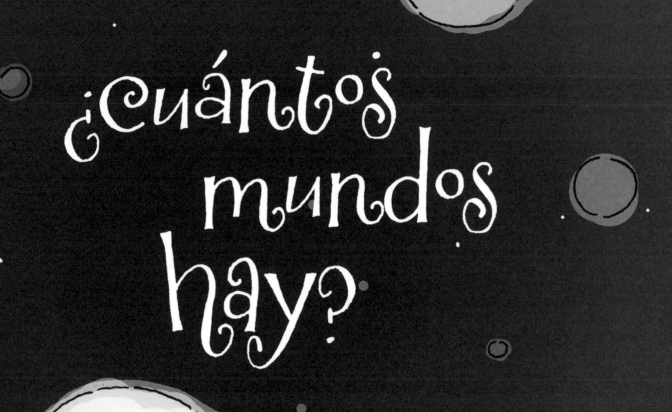

¿cuántos mundos hay?

Juli, Santi, Lu, Sol y Matu, Leo, Vale y Fran tienen familias muy especiales. Tan especiales como la de cualquiera de nosotros.

Por eso hay muchas otras historias que podríamos contar.

Familias que tuvieron hijos "en escalerita".

Niños criados por sus abuelos.

Papás que, por sus trabajos, están semanas o meses sin ver a su familia.

Lugares donde un hombre puede casarse con varias mujeres.

Y otros donde las mujeres pueden tener varios esposos.

71

Mamás que dejan a sus bebés en guarderías cuando salen a trabajar.

Y otras que cargan a sus hijos pequeños mientras trabajan.

Parejas que hacen tratamientos de reproducción asistida con la ayuda de una mujer que lleva al bebé en la barriga.

Personas que adoptan a
hermanos de distintas edades
o a niños que tienen algún
tipo de discapacidad.

Familias que siguen viviendo
en el mismo lugar que
sus tatarabuelos.

Y otras que andan de acá para allá,
hablan varios idiomas y sus hijos nacen
en diferentes países.

73

Cada familia tiene su manera de vivir, de
compartir, de festejar, de discutir, de quererse.
No hay dos iguales.

Quizás por eso, cuando comparamos
nuestra familia con otra, pensamos:

¡MI FAMILIA
ES DE OTRO
MUNDO!

O cuando alguien ve algo
en una familia que le parece
extraño, dice por lo bajo:

CADA
FAMILIA ES
UN MUNDO...

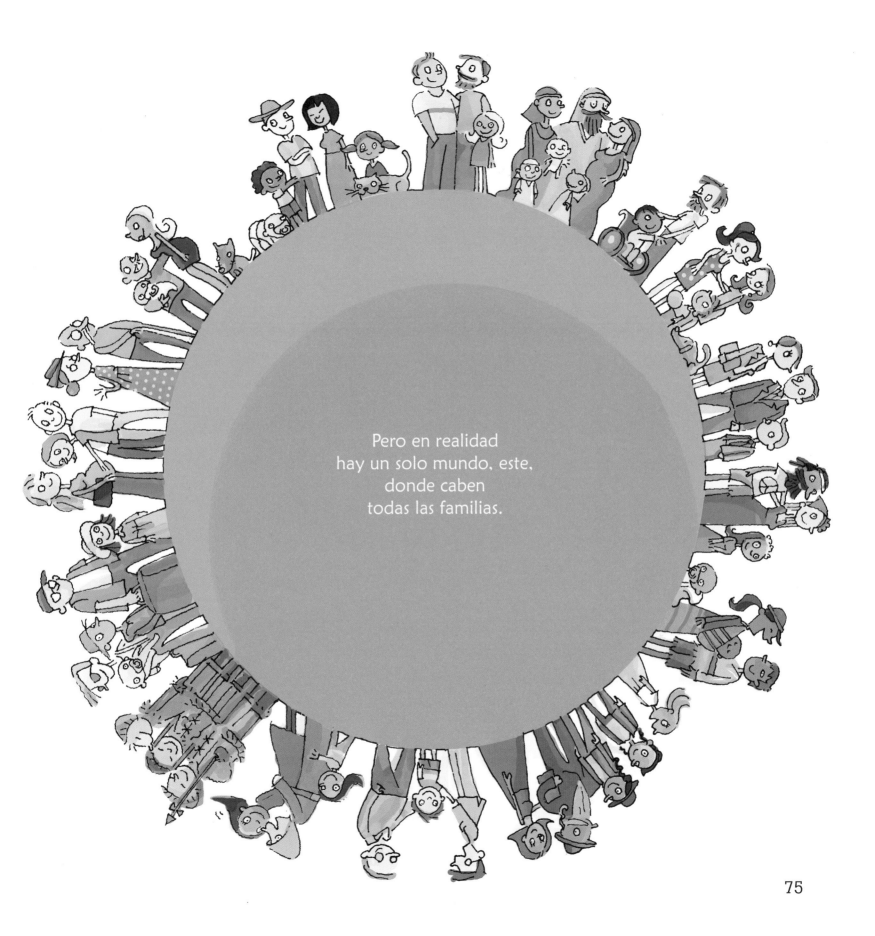

Pero en realidad
hay un solo mundo, este,
donde caben
todas las familias.

Agradecimientos

A las personas que generosamente me contaron sus historias familiares, que sirvieron de base para inventar estos mundos: Graciela Baduel, Aldo Gamboa, Francisco Giménez, Carlos Lin, Julio Pasquarelli, Carla Peck, Federico Pesl y Silvia Suárez.

A Ana Kuo, presidenta de la Asocación Cultural Chino-Argentina, por haberme acercado a su cultura.

A Uranito, una editorial de otro mundo.

C.B.

Glosario

Adoptar: Criar como hijo a alguien que no lo es biológicamente.

Árbol genealógico: Representación gráfica que muestra los antepasados y los descendientes de una persona.

Bisabuelos: Los padres de nuestros abuelos.

Cesárea: Operación quirúrgica para sacar al bebé abriendo el útero de la madre.

Divorcio: Disolución del matrimonio hecha ante un juez.

Embrión: Ser vivo en su primera etapa de desarrollo.

Espermatozoide: Célula reproductora masculina.

Familia ensamblada: Familia en la cual uno o ambos miembros de la pareja tienen uno o varios hijos de parejas anteriores.

Familia homoparental: Familia que está compuesta por una pareja de mujeres o de hombres, con uno o varios hijos.

Familia monoparental: Familia que está compuesta por un papá solo o una mamá sola, con uno o varios hijos.

Fecundación: Unión de un espermatozoide con un óvulo.

Hogar de acogida: Lugar donde se alojan y cuidan a los niños que no tienen una familia que pueda hacerlo.

Incubadora: Urna de cristal donde se tiene a un bebé nacido antes de tiempo o con algún problema de salud.

Matrimonio: Unión de dos personas ante un juez.

Óvulo: Célula reproductora femenina.

Reproducción asistida: Distintas técnicas para ayudar a una mujer a quedar embarazada.

Tatarabuelos: Los abuelos de nuestros abuelos.

Útero: Órgano femenino donde se desarrolla el embarazo.

Cecilia Blanco nació en Argentina. Es licenciada en Periodismo, editora y escritora. Trabajó en distintos medios de comunicación y se especializó en el área infantil. Actualmente se dedica a escribir cuentos y textos informativos para niños. En Uranito es autora del libro *¿Qué es esto? La sexualidad explicada a los niños*, y de las colecciones Famosísimos, Otros Monstruos y Fábulas de Mayor a menor.

Daniel Löwy nació en Argentina. Es diseñador gráfico, humorista e ilustrador. Publica sus trabajos en diversos medios gráficos y digitales. Es el creador de la historieta *Vida de Padres*, donde aborda con humor las relaciones familiares, y también dicta talleres para niños en instituciones y escuelas. En Uranito ilustró el libro *¿Qué es esto? La sexualidad explicada a los niños*.

De los mismos autores de ¡Mi familia es de otro mundo!

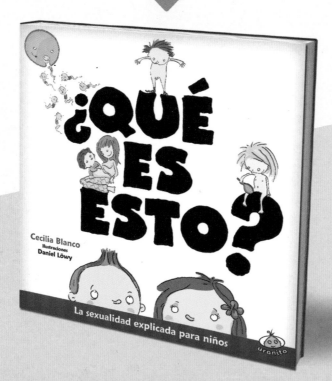

El libro que les explica a los niños la sexualidad de una manera divertida.